以灯心草为例

梅林 著

长江出版传媒　长江文艺出版社

图书在版编目（CIP）数据

以灯心草为例 / 梅林著. -- 武汉：长江文艺出版社，2023.12
ISBN 978-7-5702-3215-4

Ⅰ.①以… Ⅱ.①梅… Ⅲ.①诗集－中国－当代 Ⅳ.①I227

中国国家版本馆 CIP 数据核字（2023）第 115148 号

以灯心草为例
YI DENG XIN CAO WEI LI

| 责任编辑：谈　骁 | 责任校对：毛季慧 |
| 封面设计：祁泽娟 | 责任印制：邱　莉　王光兴 |

出版：长江出版传媒　长江文艺出版社
地址：武汉市雄楚大街 268 号　　邮编：430070
发行：长江文艺出版社
http://www.cjlap.com
印刷：湖北恒泰印务有限公司

开本：880 毫米×1230 毫米　　1/32　　印张：5.5
版次：2023 年 12 月第 1 版　　2023 年 12 月第 1 次印刷
行数：3260 行

定价：58.00 元

版权所有，盗版必究（举报电话：027—87679308　87679310）
（图书出现印装问题，本社负责调换）

梅林

原名林永梅,1976年出生。
出版诗集《农事》《只有夜色配得上我》、诗合集《辛卯集》。
现居山东沂南。

目　录

第一部分　每一棵艾草都是一个女人

昨日　003

最好的梅花　004

一座山　005

一帆风顺　006

我能记住的事情　007

作为草　008

夜宿　009

白日梦　010

斑鸠时光　011

我们都是月亮的孩子　012

黑的一部分　013

傍晚　014

芦苇　015

缠绕　016

我们　017

- 018　黄昏的坝堤
- 019　无端欢喜
- 020　有一些时光
- 021　繁星照耀
- 022　虚妄的一天
- 023　妇女们
- 024　去沂河时
- 025　沂河
- 026　久是什么
- 027　出生地
- 028　把一粒药掰成四份
- 029　春分
- 030　药片
- 031　悲伤一会儿
- 033　麦地上的人
- 034　四月
- 036　诵经
- 037　雨
- 038　梅林
- 039　做梅林太久了
- 040　写诗有什么用
- 041　七月的
- 042　黑与灰
- 044　一个人在路上走着

雨越来越大 046

八月 048

他 049

我在夜里 050

黑夜自由 051

天日晴暖 052

多么好 053

春天好长 054

没有人知道 055

每一个晚上 056

走在沂河的堤上 057

小小的樱桃核 058

北方 059

容器 060

忧郁 061

夜色入梦 062

立夏 063

对于你 064

夜色缠绕着夜色 065

在他的王国里 066

艾草 067

把雨献给他 068

我喜欢的男人 069

多好啊 070

071　山野行

072　珠山的雪

073　五岭川

074　豌豆的一生

075　秋天的田野

076　我和田野

077　紫地丁

079　看一株三角梅

080　以灯心草为例

081　一个苹果

082　美好的

083　万物有序

084　虚实之间

085　门口的那棵榆树

086　我们没有见血封喉

087　好看的夜色

088　荡漾是一个好词

089　干净的一天

090　孤独者说

092　向一棵柿树致意

093　端午

094　一棵树

095　山谷中的石头

096　小雪

十二月 097

大雪 098

江南 099

一匹马 100

此刻的春天 101

她 102

做一只蜗牛 103

太阳照亮我的村子 105

透过腐烂的秋叶 106

蜗牛的幸福 107

我一直羞于启口 108

野心朝外 109

春天来临 110

一只麻雀死了 112

只有水是真实的 113

第二部分　制造山水

夜色辽阔 117

秋天了 118

村后 119

我们汇成一条小溪 120

雪 122

相见难 123

- 124 有人说爱我
- 125 偶尔停下来
- 126 我们开在一朵花上
- 127 春天爱着草木和花朵
- 128 执念
- 129 一幅风景
- 130 这个三月
- 131 伤口
- 132 甜蜜
- 133 桃花潭
- 134 和弦
- 135 官人
- 136 小暑
- 138 河坝旁
- 139 寒露
- 140 去堤坝上走一走
- 141 等老了
- 142 七月的诗
- 143 割麦子
- 144 到了秋天
- 145 悲伤的尽头
- 146 夜
- 147 山水
- 148 我用美女蛇的七寸

豆子和豆丝子 149

玉兰花 150

爱是什么颜色 151

制造山水 152

暖春 154

雨水过后 156

呵,亲爱的 158

水银制作的青铜镜子 161

第一部分

每一棵艾草都是一个女人

昨 日

草木连着河流、坝塘
坝塘连着芦苇、旧物和
昨日

昨日有梅花开了
昨日喃喃
有所期待

最好的梅花

梅花开了
黄山寺的梅花开得最好

但只有你爱的时候
它才反复地开
仔细地开
它才开得茂盛,富有意义

一座山

一座山
除了水草、鸟鸣、蛰虫
密密麻麻的缠绵的雨声

除了热烈、眺望
还有一半是卑躬屈膝的
活着的
低物
献给死亡

一帆风顺

剪去它的枯叶子和衰败的花朵
一株一帆风顺只剩下它原来的样子
不再婆娑
也不再是白得发亮的那一部分

渐渐忘了那个迟迟不来的人
它终于成了安安稳稳的美
它仅有的白色
仍然是人世间苍茫的一部分

我能记住的事情

我能记住的事情已经
越来越少了
总有些天气又让我
提起这些泪水中的事物

它们是谦卑的谷子
低矮的苜蓿
埋在地里的土豆
月亮在露水里发出的
暗淡的光
都是养活我们的干净的食物

作为草

草从土地里长出来
草从钢铁的缝隙里长出来
这种放在哪里
都能活下去的草
我叫它志向和骨气

作为草,它们多么美好
不因贫穷
也不因饥饿
只为了喜欢和爱
作为草,一下子
长出来,并活起来

夜 宿

夜色浓厚
有流水声,像是我们心里的光
每一棵树到另一棵之间
都恰到好处
有风吹来
是风带着夜和我们
向前飞行

白日梦

田野里这些简洁的花草
没有体温
没有心机
只等着开了

阳光普照
微风轻轻一吹
它们就开了
开了就开了
有什么办法呢

看在上帝的分上
它们像小兽
又像是白日梦

斑鸠时光

映山红开了
紫荆开了
花太多
整个下午都是蜜做的

一只斑鸠
陪着一只斑鸠
在树枝间跳跃
它们在恩爱
在寻找
它们需要一个合适的时间
来孵化自己的宝宝

我们都是月亮的孩子

我们都是月亮的孩子
我们用影子打结
我们给一株连心草找到另一株连心草
我们用一些脚印覆盖另一些脚印
我们都是月亮的孩子
亲爱的
我们有着重复的美和饱满起来的爱

黑的一部分

冬天的雨
一会儿成了霜和雪
想说出的话
和绝望都被黑夜冰封

夜色笼罩下的田野
更加沉重
我们都被埋在黑里
是黑的一部分
我们孤独
悲怜
我们无奈得像是雪埋藏的草籽
都有着一样的命运

傍　晚

傍晚的灯光已经点亮
屋子里有一半时光是静止的
有一半是永恒

你在读一本书
你是那只三月的斑鸠
因犹豫不决而布上了时光的慈悲
你在动
你在飞

你拿下眼镜
你把它放在书上
你用它压住一个词
你喂养它
包容它
你以它为闪电
为马匹
为合一的人世

芦苇

更多的时候，它是受害者
它是芦苇，芦花的孩子

更多的时候，它顺从风
顺从季节和雨水

不是因为弱小、轻浮
不是因为俗世、逆来顺受
不是因为孤独和苦闷

更多的时候，它是芦苇
是水上的，它孤身一人
这永不消逝之物
它和我一样
度过每一个时日

缠　绕

亲亲左边
再亲亲右边
不管你是芨芨草
还是车前子、婆婆丁
不管你是米娅
还是苏菲娅
我们都是它的叶子
枝条和
火
我们都是它转嫁的万物
缠绕只是它的一部分
缠绕只是你用过了它而已

我　们

我们埋在我们的肋骨间
很小
开午夜的花

我们在忧伤的苹果树下数苹果
我们把它的种子埋在果树下
不惊动树上的鸟
也不打扰它们弱小的孩子

我们一边说着
卑微的稗草
一边赞美果园上的云朵
云朵下的谷穗
谷穗上的性别和年龄
我们都可以忽略

黄昏的坝堤

整个坝堤上只有黄褐色的枯草
我站在它的背面,向前是苍茫

我身后是巨大的悲悯
灰色的叙述
就像我拉上了它身体里隐秘的拉链

无端欢喜

窗外雨水滴落
夜色与夜和鸣

有梅花落了
有桃花开了

想起刚掏回来的一窝小麻雀
无端欢喜

在这个美好的季节
做什么都来得及

有一些时光

有一些时光
我们伸手就能接住

雨水滴落
盈盈弱弱

一夜不眠
却倾尽一生

繁星照耀

夜色像墨
是我不小心说错的话
是我不经意间触动的时光

繁星照耀
我的爱具体又细小
类似于一只生活在
草叶上的蚱蜢
一棵草就是它的家

虚妄的一天

早上起床,做饭,洗衣
树在发芽
麦子悄悄长高

上午去市场,路过早市上的小卖店
店老板有一副好身架和
好脾气
走起路来也悄无声息

中午,有一群麻雀来到了麦地
麦地就是麦子的祖国
麦子就是麦地的虚无主义

下午有一场约会就先不去了
肯定会有另一个人
代替我而去

妇女们

我在缝衣服的破损处
X在晒床单
Y把米饭继续盛到碗里
Z在看月亮
H在喝茶

如果时间再久一点
久到XYZH还在子宫里
还仅仅是一个受精卵
还未着床……

而很多时候,我不愿意去多想
去想那些黑夜中看不见的东西

去沂河时

那里已接近春天的尾声
草丛新鲜而稠密
树木茂盛
水纹不停地扩散并
从后面环抱单薄的我

一阵风一样的冲动
我轻轻地转身
瞬间的快感就像是
纷纷飘落的樱花
从身体里长出来
又从身体上安静地凋落

沂 河

沂河里的花草多
水多
怜悯最多
而它的源头只有一个

卑微的水草
孤独的柳枝
墓地上的花朵
现在是数不清的粼粼波光
一片覆盖住另一片

像是圣光
又像是叙述
从我身边走过

久是什么

有很久没有见你了
有多久我们都不记得了
久是什么
久是个意象词
我们用它制造词语
我们用它的词语制造句子
我们在句子上下雪
看梅花伸着舌头,落地

出生地

以前是田野拴住我
现在是温泉路上的法桐树拴住我

路上所有的法桐树
只是一棵法桐树

现在有雨水顺着它的枝干
流向地里
养育着石头和万物的真理

把一粒药掰成四份

一个一九九〇的药瓶装着二〇二〇年的药
我要把一粒药掰成四份
一天吃一份

我已经接近衰老的那一部分
独来独往
牙齿落尽
已经举目无亲

春 分

春分
就是把春天分给白天一份
夜晚一份
白天是你的
夜晚是花朵的

春分时
荠菜开花了
小小的白色小果粒状

风一吹
她就颤抖给我看

药　片

白色的杏花
白色的梨花呀
越来越白
越来越接近我服用的
一粒白药片

一粒一分为二的白药片
我每天服用它的二分之一

悲伤一会儿

昨夜的雨直到天亮了才停
楼下的玉兰花落了
玉兰树一动不动
没有风
只有雨水的滴答声

没有阳光
没有好天气
灰色的天像是幕布
遮住了远方
油菜花开了
田野一寸寸
漫过一个人的身体

麦子高于畦埂上的麦蒿
麦地上的那个人还没有回来
白蒿和茵陈
分开了一个人的身份
像是春天的悼词
又像是怀念死去的日子

这样的时辰，朴素的慈悲和贫穷是一样的
我想走一会儿神
悲伤一会儿

麦地上的人

我有三千亩的月光,只照耀
有麦子的地方
麦地上的人呀
他是我的父亲

他是我怀抱里的男人
只有下雨的日子,我们才重叠在一起

重叠在一起的小人儿
更贴近我们的黑夜和生计

我有三千亩的月光,只照耀
我生活的北方
北方松涛阵阵
是蓝色的
蓝色最终是我身体里唯一的颜色

四　月

月光在裙子上
月光从裙子上下来
裙子上有月光在走动

麻雀在房顶
麻雀在树枝上
麻雀落入了草丛
麻雀和四月在捉迷藏

四月不过是和喜欢的人一起
只做一件事

四月是小母马
大腿凉凉的

四月过半
从山上下来
四月像是一个隐士
四月的句子上有飞鸟飞出
它用羽翼不停地拍打
寺院的钟

四月是蛇,钩住你的脖子
四月里
我们只做一件事
我是四月上的一个词语
距离五月还太远

诵　经

墙外看花
夜半听波浪喧哗

庙里上香
寺中打坐

养万亩花田
燃十万朵火焰
折磨我自己

雨

雨等不及了
雨水开花

雨一整夜没停
雨下到什么时候呢
他没说
她也没问

雨重叠在雨水身上
慌乱而迷恋

长久一点
用力一点
大地慢腾腾
有了体温
今夜的雨
将一直下下去

梅　林

可写诗
可幻想
可消炎，可止痛
可透明，可崇高
可填满
可虚度时光

可望梅止渴
可，爱与被爱
可，是一枚新的容器
盛放灵魂和忧伤

可什么也不做
空无一物
亦如大地上的寂静和
空旷

做梅林太久了

做梅林太久了
我想做雨林
做山林

我想做一片可爱的
森林
渴望着一个猎人

写诗有什么用

写诗有什么用
那夜莺整夜整夜的歌唱
有什么用

那缓慢行走的黄河水
留恋有什么用

我一意孤行
固执地开花
有什么用

那疯子还是疯子
那饥饿的还在饥饿
那孤独的还在忍受着孤独

写诗到底有什么用

七月的

七月的木棉
收集六月的雨水

窗台下
那枚丢在水里的月儿
拿出仅有的唇香
吻遍鱼的全身

木棉酥软
天上那枚月亮
咬住六月的手指
咬住了你的唇

黑与灰

黑带着灰飞
黑贴着灰亲吻
没有什么可以限制他们
没有什么可以改变他们

黑是灰的星星
灰是黑的花朵

黑是灰的重复
灰是黑的再生

黑是大麻
黑让灰上瘾

灰容纳黑
灰包裹着黑

2060 年
灰还在爱着黑
黑还在因为爱用力进入灰

一天三次或者
五次
黑在灰的身体上

黑与灰是若干的
比喻
是你和我
是我和我们

一个人在路上走着

一个人在路上走着
一个人穿着黑夜这件衣服
在路上孤独地走着

一个人不是男人，也不是女人
她只是一个影子或者是
一些声响在路上走着

一个人在路上走着
不能哭
不能低头，也不能太孤独

一个人在路上走着
就有了灰和黑
走到了自己的原点
就看到了另一个自己
无数的自己

一个人在路上走着
她按照自己的想法
她区别于任何人

她要走给这个人间看

一个人在路上走着
像雨水一样就会忍不住
破碎

她在路上走着
已经很久了
她慢慢地闯入了期待的红晕中

她走着走着
天空就下起了雨
走进了梦里
路是她最慈悲的寺庙

雨越来越大

雨越来越大
雨用降落敲打花草
树木、房子及万物

雨下了一夜
雨在坚持什么

恩爱的人不能
做同一件事
他们在坚持什么

雨穿透了白天和黑夜
雨重叠在雨上
爱总比人间的留白多

雨喂饱了花草和树木
雨喂饱了河流、庄稼和虚无

雨是我们的血液
雨是一个比喻
爱和恨各占一半

雨是一首诗
从一个人的身体上潜入
一夜的雨都不及一次心疼甜蜜

八 月

八月在长大
八月,我要把它
从小养到大

八月饱满
八月羞涩
每一天都值得期许
到处都是我可爱、无辜的样子

八月让我有了错觉
八月低头,看脚下
仿佛没有看到悲伤

他

他有非凡的超能力
厚重,包容
明亮
他身怀绝技
辽阔
接纳和原谅他的生活

他是法桐树
是越抱越紧的两个人
他不说话
只用从未用过的词语
一生只用来制造
山
水
他制造花朵和眼泪

我在夜里

我在夜里有一个情人
他坐在公园的长椅上
他有一撮小胡子
他写一首关于兽的诗
他最拿手的是嘴唇碰上嘴唇的幸福

他的这些我都没有
他是我不曾有的
他是蜜
是糖
是小小的机器
他每天都在我心里哒哒地转动
发着痴痴的叹息

黑夜自由

亲爱的
你给我这些惊喜
让我拿什么给你

黑夜自由,辽阔而放纵
像是你我的爱情

天日晴暖

做一颗谷子多好
想发芽就发芽
想开花就开花
天日晴暖
竹篮打水,从镜中到水滴
到沙石
想一个人就爱他一辈子

多么好

想你了
就把你放到外星球上
放在豌豆花中

豌豆花那么小
你还那么小
我养育着你

春天好长

春天好长
我要慢慢爱上他

大路上的月光戚戚
月亮正在缓缓地升起
嘴里喊着一个人的名字

我爱的那个人叫土豆或者
快乐的小蚂蚱

也许叫驴
走在田野上

我爱的那个人我并不知道
他的地址不详

没有人知道

就像是新婚
你抛下我要远行
亲爱的
我想你

叫你亲爱的小松鼠
我亲爱的小心肝
官人
相公
老爷
四郎
玉帝哥哥

夜色这么静
没有人知道
我们只是相互抱着
温暖着彼此
这份爱就很美好

每一个晚上

我渴望
我的男人回来,什么也不做
只使劲抱着我

拥抱的那一夜太短
但我要靠它度过以后的
每一个晚上

走在沂河的堤上

走在沂河的堤上
我才知道我是在等一个人的爱

他有好看的眼睛
好看的唇线
他的谦谦君子画风像风吹来
安慰了我

小小的樱桃核

小小的樱桃核里藏着
一个我最亲密的人
他温暖又明亮
他不说一句话

他安放着我的善意和思念
我用他度过我空荡荡的一生

北　方

北方有雀，有斑鸠
北方有小田野
小可人儿

春天了，我需要你羞涩的唇部
饱满的前额
我需要你的充满和丰盈

亲爱的，虚实之间
我们借一首诗重逢
又恩爱了一次

容　器

必须是干净和美
必须自由和易碎
必须是冒险主义和软体

练习写字、画画
和飞行
这春天的欢喜
每一天都惊人地相似

亲爱的
我的身体里住满了你
先是枝叶之间缀满的星星
独守夜色,然后是因爱沉重,因爱而闪烁

忧　郁

我有一把远古的琴
终身欢喜
你有苍茫的时间
足够我们长大

我们像两个
不知所措的孩子

这份不知所措将
耗尽我的一生

夜色入梦

如果没有收紧和
舒张
亲爱的
我燃烧的身体该怎么
安放

我用骨头荡漾
我徒有虚名

立 夏

谷雨和立夏贴在一起
像一对热恋的人

我们贴在一起
在夜色中
在水里

在无边无际的云朵上
像绿草贴着青山
欢喜贴着寂寞

这一寸一寸的爱
从嘴唇开始

对于你

想一次
病一次

下一场雪
写一首诗

嘴唇是隐喻
闪电也是

夜色缠绕着夜色

夜色缠绕着夜色
我们抵达海或它的最深处
浪花是我们的语言
此刻
我们交换彼此
我想腾出嘴唇来说我爱你
这发烫的火焰
这燃烧的海
现在，我该怎么称呼你

在他的王国里

他不孤独
他很阳光
他正值青春期
他的王国里有漆树
有蝌蚪
有云朵
有冰凉的泉水和村子
有我解甲归田的无知
和失败的诗

他装在我的口袋里
想他了,我就拿出来看一看
想他了,再拿出来
看一看

艾 草

每一棵艾草都是一个女人
每个女人都是一棵艾草

端午之后,艾草消失
端午之后,艾草被收割
一棵艾草
一生只疼一次

把雨献给他

把雨献给他的马匹
远处的
红色的马匹

缠绕的马匹
缠绕的雨
顺着乳房向下
流去

他不看我
只用雨水一样的身体
爱我

我喜欢的男人

我喜欢的男人
必须是六十岁
他必须能抱我、背我
揽我入怀

我喜欢的男人
他必须在一幅山水中陪我
种梅养鹤
穿云穿雾,十指相扣

我喜欢的男人
他必须有青春期醋意的蓝
在身体的轨道上烧

多好啊

我去看你
你为我开门
为我准备了青草、绿水和远山

你一山的孤独
可以一个人独用
也可以和我共享

山野行

一个善解人意的下午
我跟在你身后
过了山坳和小桥
看到流水喜悦、干净
树木葱茂、飒爽
鸟鸣声远
山野亦如豁朗的人生

云雾抬高
抬远天空
天幕和心灵融为一体
光阴一寸一寸
如梨花暮雨,万马奔腾

旷达之境也是心境
目及之处不只有苍茫
还有唐宋的回应

珠山的雪

珠山下雪不是故意的
我知道
雪下在哪里都是一样的

珠山下雪和不下雪也是一样的
柚子树和珠山里墓碑上的雪是最多的

五岭川

我有三万朵的白云,只种在山巅上
我只需要拐个弯
就能看见它的苍茫和辽阔

可惜的是
那些山脚下的草木
它们都患上了爱的诛心病

豌豆的一生

活着就要像豌豆，一生
都用匍匐的秧子去生活
它那紫色的
白色的
红色的花朵，在这儿
在那儿，都是悲伤

叶子浓郁得都好像要哭了
但没有什么需要自责的

没有什么是我欠整个人间的

窗外的树一动不动
我的思想一动不动
也有星星落下来

秋天的田野

秋天的田野上
只有枯萎的秸秆还站在那里
但它们的身体已经空了
它们被秋风吹着
用身体贴紧大地
好像是它们思想的形状

一只果蝇从我眼前飞过
我用手轻轻一扇
它轻盈的身体随即转了个大弯
顺着扇的风力转向而去
扇力随即改变了它的命运和方向

这样的从容和随遇而安
让我对生命的生动有了新的念想

我和田野

写下看麦娘、芨芨草、荠荠菜
我和田野就近了
如今,青麦穗、甜酒根、刺刺秧都是我的姐妹
这些从来不会说话
从来不会喊疼的姐妹
每晚都会陪着我

如果我再在心里建一个堤坝
或者在心里建一座坟
那里就会有成片的蒲公英蔓延
我一动不动,仿佛也有一位神
在我的身体里,用稠密的苹果花酿着蜜

紫地丁

这些傻瓜花
贴着地皮开
不长叶子,也要先开花
唯恐谁看不见它的花、它的甜

这些傻瓜花
它们用花朵召唤我
用云朵、用春天
用自己,召唤我

它们穿紫色的、无色的单衣
一起走很远的路
叫彼此一切的亲
它们开完花,再结籽

在堤坝上
在水里
在远行的船上

它们把我小时候待过的地方
又重新生活一遍

它们迷路了
停在秋天的薄暮中

看一株三角梅

三角梅多么地厌恶自己
它每天不停地掉叶子
和花朵

它把叶子和花朵都掉光了
好像身上的疼痛和悲伤也掉光了

它只剩下光秃秃的枝干了
好像那枝条才是寺庙和慈悲
叶子和花
都是它的身外之物

以灯心草为例

以灯心草为例
任何的事物都可以成为一位成功的神

不需要提前说明
该发生的总会发生

时间会悄悄过去
法桐树还站在那里

风不带一丝灰尘
季节干净得像是洗过
黑夜把沉睡降临给万物

一个苹果

一个苹果
我不去吃它
我就不会爱上它
一个苹果,我要把它吃完
我是苹果的
一部分

一个苹果
我不去吃它
它就会在桌子上
一直到腐朽

它只是一个苹果
它没有嘴唇
没有话语
但看起来,它和我们
有着同样的悲伤

美好的

拥有什么，什么就是美好的

豆子地已锄过七遍
地瓜秧子翻到了左边
又翻到了右边

傍晚的田野上
牛不用绳子牵着
也记得回家的路
它始终走在我和父亲的前面

绿蚂蚱调皮
蟋蟀是草丛里最帅的孩子
它们的歌声是时光的翅膀
在朴素的乡间领唱

万物有序

地上是捡拾不起来的时光
田野空了,谷米入仓
雨水下在没有人的地方
孤独也是

我一步一步,走进人世的词语里
万物有序,各安其所
昨天,疼痛的牙齿正在悄悄地脱落
在有父亲的地方
一部分柔软
一部分慈悲

虚实之间

堤坝上的芦苇、红蓼花
狗皮草、白杨树、苹果树和桃树
它们各过各的日子

不管是在秋风的寒凉中
还是温暖的阳光照着它们的阳面或是背面

只有一只苍鹭在水面上飞着
孤独像是刻意的
好像它的生活被安排在了虚与实之间

门口的那棵榆树

每一片叶子都有一个好听的名字
她领着她那么多的孩子
一个挨着一个,一模一样的孩子

风一吹,她们就碰在一起
风一吹,她们就叠在一起
风一吹,她们就齐声欢唱

如大海
如发育
如咆哮,如虚无

我们没有见血封喉

秋风渐凉,此时
我们可以拥抱
可以恩爱
可以从身体里长出花朵
庭前花
和欢快的解语花

亲爱的,我们
一遍又一遍地练习起飞,俯冲
寻找身体里的种子

可是,我们能找到的都是思想
我们没有蚂蚱和鱼
苹果和烈焰
我们没有刀
没有见血封喉

好看的夜色

碰到芨芨草,我就蹲下来
我不说话它也能明白

碰到羊群,碰上落日
我就要接住它
放在养鱼池里养着,成为日不落

碰到好看的夜色
田野上的男人
我就牵着他的手,跟他一起回家

我知道,他的家里有一圈篱笆
还有一轮慌张的明月

荡漾是一个好词

我一边学习,一边看山楂树上
白色的小花
它们一朵朵,开成了自己的模样

还有自由的风在水面上
蚜虫在嫩嫩的叶子背面
以及它们的爱

还有刮在山上的
那些风
刮在脸上的风

它们全在这个世界上
来回荡漾
毫无疑问,荡漾是一个好词

干净的一天

阳光温暖,天空干净得
只剩下季节的死亡

欢快的鱼群,来了又走了

在那些水的叹息中
浮萍依然居无定所
不知最终是谁会捕获它

写诗,画画
我的一天就这样过去了
我已习惯了把诗写给死亡
把画画到石头里,困住自己
习惯梦里只有波涛
没有岸

孤独者说

在孤独上养花种菜
下雨
在孤独上走来走去
折弯自己

孤独一定有什么是在为我
为一棵石竹或者生活准备了什么
不然它怎么会与我对视
它绿色的叶子与我呼应什么
它凋落的部分与我和解什么

孤独是身上豢养的宠物
就像桃花

孤独就是我们造的潜水艇
沉默的潜水艇

孤独有多大
有多深
有多重
有多浓

孤独将我们埋在这儿
许多年后,孤独不会死亡

孤独是我对待生活的一种方式
我把它收起来
藏在床底下
但孤独是叶子
它不停地长大,长大了又
飘落下来
孤独的尽头还是孤独
这个人世间用孤独来腌渍我款待我

向一棵柿树致意

柿树叶子已经离去
只有众多的柿子
守在母枝上

银色的时光那么漫长
不知道柿子树旁的白杨树
该怎么想

端　午

艾草入药
慈悲也有了一个响亮的名字

五月写下的句子
我都要对诗歌说一声对不起

一棵树

先是黄色的叶子落下来
接着是绿色的
它们陆续地死了
又毫无声息地落下来

可死亡从不拒绝活着
作为一棵树
它的叶子死了
它的身体还活着
它还会在自己深深的身体里悲伤

山谷中的石头

一块石头拥着一块石头
一块石头
生出一个山谷的石头
石头以水为镜

在山中
石头慢慢生长
鸟鸣,流水声声

风也吹着石头,用少有的恩爱
用一千种意思给它命名

小 雪

把雪从小雪里抽出来
可以制造树木、房子、石头和流水
可以甜蜜多汁、唇吻绕颈

这疯狂的重生和破碎之美
小是一个
雪是一个

十二月

十二月下霜,也下雪
十二月躲在坝下
不再长草
它沉默得像是身体里的密令

十二月还在长大
从堤坝的上游走到下游
它张开双手
给了我一个抱抱

大 雪

我已经写了三次雪
写完它就化了

一场雪从高处到低处
从树木到房子簌簌飘落
它埋葬的是省略的那部分
最甜的那部分

裸露的
是爱与被爱,是拥抱和以身相许

江 南

温润而泽,万物皆好
江南的橘子还挂在树上
像是人间的某种生活

但有一些,已经掉在地上,地上还有雪
在正月,橘子为什么掉在了地上
地上为什么还有雪

它应该被捡起来
应该被放在家里的桌子上

我喜欢的、有我在的江南
不会再有了
虽然江南温润、江南有脐橙
江南也下雪

一匹马

一匹马跑到月亮上去了
他是怎么跑上去的
他嘶鸣的样子,低头喝水的样子
骄傲、心满意足的样子
他的用力和专注的样子
像极了一个人的一生

这是一匹怎样的黑马
他不停地长大
他让我倾慕、仰望
他对着我的耳朵
用嘴唇吹入一个名字

他堆积一片光
在夜晚的怀里转世
在我的身体里向下深入
向上生长,用一棵灰色的菩提树

此刻的春天

树上的桃花落了
花托上举起了小果实
让我感觉到了它的诚意

我感到慈悲离我最近
菩提在我的心里
它们挂果的样子,安慰着我的尘世

美丽的河畔
杨树吐金,柳树镀银
我低着头走在麦地上
麦叶上的尖叫
每一片都有一颗干净
无邪的心

此刻的春天,刀已出鞘
箭已离弦
让我想他,整夜不眠

她

她叫木
她叫梧,或许叫春水流啊流
她也可能叫鸳鸯草
叫岛
叫鹭,她最可能叫一切的
旧事物

她有时候会在我的身体里
她爱一个男人
写诗,居山中
吃海风和水母
她吃沙子和词语
有时候她要温柔地躺下来

做一只蜗牛

我不是一个完美的悲观主义者
但我还会在一畦豆角地旁
等着豆角一茬又一茬地长出犄角

用一种哲学的思想来看
我要慢慢接受,慢慢原谅

一场雨下来
我要试着做一只蜗牛
学它的爱和思想
面对光阴的围绕和错爱
和众人一起呵护同一个日出

即使晨曦中虚与实之间是山与山
相隔的是云雾
只有隐匿的碎石是我的不安和焦虑
但总有一个清晨
不规则的石块会堆砌成山
背景是蓝
有葱茂的草木和星辰
也有去年的往事

一只蜗牛的
一生是如此清晰，又如此接近

太阳照亮我的村子

太阳照亮我的村子
我无法去思索
太阳的深处

浮躁的空气塞满
我的血管
从早晨到黄昏

这条弧线的光
爬上带血的唇
撕咬生命中的树林

这些豹子生长的地方
卸下皮毛和肉体
单挑豹子的骨头

太阳照不到的地方
我疼痛并轻声叫着哥哥

透过腐烂的秋叶

秋天的叶子在飞
恍如我的稿纸

透过腐烂的秋叶
月光始终不能被埋藏
隐约的是母亲举起
火把点燃的头发

夜是魔鬼
有着常人的手臂
散布房顶潮湿的
雾气

漫过田野上的落叶
我的诗有些荒凉

蜗牛的幸福

房子沉重
步履更加缓慢
随时随地面对快乐和
死亡

草根里、白菜心和黑色的
小屋子
他们会散步,交谈,做爱
像黑黑浓密的草丛

明天依然
继续前行
像迁徙的鸟不能停下脚步

夜太深
黎明之前
为了储备更多的雨水
他把幸福放在了小屋子
准备快乐的死亡

我一直羞于启口

一直羞于启口
你被风敞开的衣和月光的
轻柔

这个难得的夜啊
你就展开吧
就着已被风吹开的这些
把身体轻轻铺在月光上

含住草尖上的露珠
草丛里的虫子
在疯狂

没办法了
你恋上了火热的胸膛和
新长出的一茬胡楂

野心朝外

十匹野马拉不回
野心朝外的女人

握住三十年来的月光
在红颜的季节
种上比梦还长的
小月亮

蓝月亮
那个野心朝外的月亮
用灵语把你的沉默踩破

枕边的火
挑起谁的欲望

谁在谁的水中
把谁埋葬

春天来临

有月光的夜里
我的目光追赶流星

初吻
像刚埋下的种子
只要有泥土
就会适时地生长

四野调制出的黑
笼罩我的诗行

哥哥,我要去找你
去那个天高云淡的地方
找你

在春天来临
雪没有融化的山下写诗
在山的背面疯狂地跳舞

你是野性的马
脱缰

所有的草木
目瞪口呆

一只麻雀死了

一只麻雀误入了我开窗的卧室
尽管我又打开其他的窗户
它还是没有找到来时的路

急切,恐慌,误飞误撞中
麻雀头破,昏死过去

另一只麻雀在窗外呼喊
啼血
也没有使它苏醒

它们也许是一对情侣
在寻找一个越冬的空巢
它们也许是一对母子
母亲已经牺牲

这些我都无从知道
我只感觉手指和身体冰凉
比这个秋天的早晨还凉

只有水是真实的

遇上你
只有水是真实的

坝上的水顺流直下
用更多的孤独
掩盖心里的困兽
我像是多年前就在这里
我的茂盛的疯长的田野上
春水荡漾

秋天的坝上
更成熟了
那片芦苇像是腻在水上
吹来的风告诉我
他是多么地幸福啊
他完全不能控制自己了

坝上的树木脱掉尘衣
坝上的芦苇脆弱不堪
坝上的水荡着波纹

这些刚刚喂饱的事物
像坝上的老人
一天一天地慢下来
慢下来

第二部分

制造山水

夜色辽阔

夜色辽阔
我们交谈春天、堤坝和自己

夜色辽阔啊
我们春耕、浇水和播种
我们在身体的田野上
种希望的玉米
未来的谷子
谦逊的大豆、幸福的山楂
温暖逍遥的槭树

执手相看
我们相识的日子
就是我们的历史
有春天
有春天里回不到过去的心事

秋天了

秋天了
羊已回家
赶羊的人已回家
落日已回家
黄昏已回家
疼已回家
恨已回家
孤独已回家
颠着小脚的外婆已回家

灯盏已回家
鹰已回家
历史已回家
僧人已回家
寺庙已回家
膝盖已回家
亲爱的但丁
已回家
灵魂已回家
云已回家
它们都以自己的方式回家
回到了自己的家里

村　后

村后的月亮多么美
黄昏那么深
孤独在羊群身上
在青草上放羊的人
黑色的雾气已经蔓延他
黑色的纽扣和白色的衬衣
玉米敞开胸怀
大豆结满豆粒子
它们潮湿的叶子都将
开口，吮吸，蠕动
泛起月亮的光
透过月光我看到了他的脸庞
像个哥哥
又像是个父亲

我们汇成一条小溪

我们是一棵麦子与另一棵麦子
我们是左手和右手
我们是战栗的慌张的麻雀
我们是相思的虚构的狮子
我们是风水交错的山峰
我们是身体与身体碰撞的尖叫
我们是形容词

我们是动词
我们是闪电和火药
我们是墨色的
是大朵的
罂粟花

时光流逝
我们站在
相拥的桥头
田野广阔
月光温柔
我们彼此的心跳和
缓缓的气息

站成一棵树
我们汇成一条奔流的小溪

雪

没有人适合我赞美你
没有人更适合我抱紧你
与你葬在大雪深处

一场大雪落在低处
也打在高处
雪落在雪上
雪搬运着雪
那么认真,那么执意

雪安慰着雪,你安慰着我
雪,让万物
都能白头与共

命运的雪
孤独的雪
慢腾腾的雪
被月光照耀的雪
要到你那里去的雪
都将在明天融化

相见难

荒芜的坝堤
旧的坝堤
冬天瘦成枯黄的芦苇
到了春天开始
储存雨水

从圣母河流域向下
仿佛普度众生的菩萨
而我,一再地想一个人
必须绕过无数的河流
矮山和草木
才能抵达

有人说爱我

有人说爱我
有人说想我
有人说尊敬我
有人必须从南方归来
给我春天
必须一次不成敬意
必须让我觉得
我亏欠他的才行

偶尔停下来

偶尔停下来问：
你是怎么走上诗歌这条路的
我说是恨
偶尔停下来问：
你是怎么把诗歌写进心里的
我说也是恨

在水里我们是水的一部分
在山上我们是山的一部分
在夜里我们是黑的一部分
在火中我们能分得出彼此
一个战栗
一个是半跪的姿势

是没有性别，没有年龄
是开出的花，做过的梦
是枝条的忧伤
石头的疼痛
是更多的时候亲近它
又远离它

我们开在一朵花上

我们开在一朵花上
我们没来由地成为接纳
树叶、房顶、田野的一颗心

整个夜色上只有我们的想象
我们的手
紧紧地拉在一起
一场雨是我们爱着的目的

春天爱着草木和花朵

春天爱着草木和花朵
麻雀扑棱棱地飞

婆婆丁、芨芨草忙着
开花,长叶子

调皮的雨花,打在我的眉毛
眼睑和唇上
从来都是欢快的震颤
让我叫出声

春天你还是你,我还是我
我们的影子叠在影子上
我们的影子相拥而泣

执 念

你出生在三月的一天
相遇是我们的执念

你寄情于山水
山水就是诗
每一首我都爱
我爱的诗里,都有一个年轻
涌动、诚挚又澎湃的你

一幅风景

他是我思念的官人
是等待和我成为一幅风景的人

那个等待和我成为一幅山水的人呐
只有在夜色中和我相映成趣

这个三月

上一次是我紧紧地抱着你
上一次像一朵闭合的花
而我更偏执于你最明亮的
那一部分

这个三月,我多么喜欢
看着你,我还想你

三月的美好依靠
三月的爱情

我们画一座山、一条河、一座凉亭
白天我们养花种菜
夜晚我们靠在一起看星星

我有数不过来的草木、山水
蓝与深蓝
时光很快就会过去
我要歌唱你的叶子和星辰
它们都有天地为证

伤 口

想是一个词
你是一个词
想你是一个句子
但这并不说明什么

直到说出来"想你"
我就有了一个美好的
伤口

甜　蜜

隔着千里我也能
感受到你贴着我的耳垂
轻声地喊我

你轻声地喊我妹妹
喊我梅

这永恒的甜蜜
在宣纸上
在饭桌边
在孤独的卧室
在枕头上

我不能阻止我
就像我不能阻止风

桃花潭

隔岸观火是一个词
青山相见也是一个词

滚烫的桃花潭才是一个好女人
李白用尽了千年还是
在船上不肯离去

和　弦

爱就是画近处的和
远处的山，山间云雾似烟
瀑布自由奔放
寺庙钟声响起

爱就是平安
是寂静的蓝色
伸出的手
是语无伦次
是舔舐的舌尖
是投出的浪花
是五月的鸟鸣
是树冠上黄昏里的暴雨和
花影婆娑

是梧桐花上的蜜
是我们身体里的茂盛和毒
是雨声中触及的美和甜，真实又静寂

官 人

是一只干净、温顺的猫
它在半夜发情
它发出一声声惨叫

它的叫声令我紧张又欢喜
我相信这里一定藏有一个
尘世的爱情

它们来自一个母体
两颗孤傲的心
它们是我,我们
和
你

小 暑

夜晚圆满而辽阔
像命运走在命运上
像我走在自己的身体里
不停地原路返回

那黑夜里的月亮
来自一个人的内心
它的光阴变小
再小，小到感受不到

它和我一样
正在慢慢地弯下腰
不是摧毁
也不是挽救

一朵花开
是隶书
是小楷
是临摹的一幅山水
在恩爱之间
她只选择信任的

光和星空浩瀚
她一点一点掏出内心的疼痛
和自信

此处是小暑
此地是梅林
何处是人间

河坝旁

菩萨在上
芦苇最大
苜蓿最小
像两个来不及相爱的人

寒 露

秋天的叶子落下来
风轻轻地刮起来
喜欢也是

夜一直挂在那里
雨一直下着
凭吊也是

爱一个人是痛苦的
爱一个人
是不痛苦的
痛苦不是

蚂蚁搬家
蚂蚁成群结队走在路上
蚂蚁的爱也是

去堤坝上走一走

无所事事,我就去堤坝上走一走
经过白杨树和柳树沟的黄昏
绕过养鱼池和自己的菜地
高高的坝沿围起来的堤坝
把水和水草都吃进了肚子里

最好的是,我和它们一样,都顺着事物的形态
滑入夜里
滑入你的手掌里

从堤坝上回家
我的心思还留在堤坝上
你不在
我的心还在堤坝上

等老了

以前我喜欢步行去堤坝
现在我需要开车从县城去
等老了,我需要坐车从县城去

亲爱的
以前我是在微信上见你
现在我是开车去见你
以后我需要坐车去见你

等老了,我要和你共用一块墓地

七月的诗

不写麦地,不写花朵
不写绿
只写姿势
只写辽阔与一个男人
他的七月比六月更疯狂

一个男人
如樱桃,如暴力
如灯火,如兄弟

割麦子

整个夏天麦子精神起来
麦子熟透了
麦芒向外扩张,像一根一根的针一样

我不喜欢割麦子
但当选择了收获和爱
我却在阳光下割完了它

我期望
你会带着你的金黄和蓝色来见我

到了秋天

到了秋天,我该更爱你

秋天的一个梦,陪了我一整夜
梦里的你,陪了我大半生

悲伤的尽头

想起我们一起走过沂河
我竟悲伤起来

悲伤的尽头是什么

夜

写出你的名字
用手抚摸
并呼唤它

夜
更深的夜
带电的夜
湿润的夜

用你的夜碰我的
夜

山　水

溪山，远瀑
轻舟，十里长亭，日暮
鸟雀鸣春
幽静，薄雾
更深处是良田万亩

亲爱的
我贴着你
我也是一个媚俗的人
荡漾
有了爱的欢喜

我用美女蛇的七寸

我用辽阔的土地爱你
我用刮在夜里的风爱你

我用一夜生七代的蚜虫
我用美女蛇的七寸
我用金字塔的巨石爱你

我的爱是多么地幸福

豆子和豆丝子

豆子和豆丝子
还有套种的玉米
它们都生长在田野上
和我一样都有一个共同的亲戚

它们穿着我的名字
我的衣服
在夜晚,一茬豆子,一茬玉米
它们一茬接一茬地
顺着季节生
顺着季节死

玉兰花

有人爱着的时候它就开很多的花
没人爱的时候
它就待在那里

开一会儿,歇一会儿,玩一会儿
忙一会儿,冥想一会儿

玉兰花,它的一生只有一会儿一会儿

爱是什么颜色

爱是什么颜色
吻和抚摸是什么颜色

赤橙黄绿青蓝紫
哪个是用来爱的
哪个是用来看的
哪个是用来生病的
哪个是用来亲吻的
哪个是用来喂的
哪个是用来调情的

黑夜在它赶来的路上
黑夜吞噬一切
又重复一切
黑夜给我们所有的安慰

制造山水

我坐在他身边
看他制造山水
每一块石头都亲密地咬合在一起

草木含情
群鸟飞起
技艺和危险都是一种美

松枝高了
松针低了
松树颤动
我们已把彼此置入其中

亲爱的
我们用泼墨
或者积染
或者我们皴擦、点苔

我们计白当黑
或者计白当蓝、当绿、当红
可,爱,可亲,可重逢

可喜极而泣

我们仍在途中
还没有旷达
还不能祝福如此的山水

暖 春

1

没有做过的
没有实现的
今天午睡的梦里
我都已完成

2

看《暖春》三遍
每遍都让我泪流满面
看《暖春》三遍
还想再看
谁是卑微的荻草
谁一定会有荻花一样的爱情

3

一场雨带着风
许多的树叶开始飘落

有的向上飘飞

像鸟一样自由又欢快

飞过了,它们又悄悄地

顺着鸟鸣落下来

雨水过后

1

从早晨到黄昏到晚上的
这段时间
我脑子里一片空白
像村后的那块涝洼地
始终长不起丰富的内容
平静如一的冷漠
贴近身边的事物已渐渐泛黄
田野上
漫长的岁月绷带一样
缠住村子的孤独和我

2

雨水过后
我的诗句有些清瘦
宛如天空的月亮正被我的忧伤
拉长
此时的村庄

和月光溺在海上
这爱，这海洋
这淡淡的夜
幸福一样披在我身上

呵，亲爱的

1

春天来了
垂直的乳房开始列队
我的心眼太小
只看到吹来的毒风
把整个湖心搅乱

2

浓密的叶子
遮住身体
揪住这条美女蛇的
尾巴
点燃眼里的火
亲爱的
这条美女蛇吐着毒液
在空中飞

3

从秋天走来的虫子
饱尝了爱情的甜蜜
同这条血脉
生有千条的脉搏
在你的心里跳动

4

被洁白刺伤的冷
吞下最后一块冰
留下一串探险的脚印
亲爱的
这花在雪上开了

5

你卸下翅膀
藏起蛇身上的脚
亲爱的
你是这枚月亮

6

亲爱的
请你拨开云层
看那羞涩的月亮
和多情的星眼
还有葱茏的山峰
让我准备好
每夜的雨水

7

亲爱的
我的语言已背叛了我的心
我的心偷偷做了你的情人
我的唇随月光吻遍你的全身
我的举止已不听我支配
亲爱的
你来了
带来了一匹
白马　黑马
从我心里践踏

水银制作的青铜镜子

1

水银制作的青铜镜子
打着秋天的一面幌子

谷穗低着头
把梦压到了最低
比大地还要低
藏在了水银里

夜在轻微地呼吸
唯恐惊扰
一地的梦

2

翻开秋天里
逐渐腐烂的叶子
我的诗歌
如大地下的每一粒

还未发芽的草籽

通往天堂的路
我的诗稿比
焚烧的纸钱飞得更高

3

一定是月亮
看到了黑夜的影子
一定是星星发现了秋天的
干瘪、瘦长

一定是夜晚的天空更蓝些
一定是发情的猫叫
惊动了猫头鹰
夜愈来愈黑愈暗愈长——

4

雨水湿漉漉的
汗水下个不停
你有一千双手
牢牢的急促呼吸
小镇上的一只蚂蚁在月光上

累死了
他想把所有的小蚂蚁搬到依山傍水的
地方